Sergio Bambaren
Stella

SERIE PIPER

Zu diesem Buch

Das Wunder der Heiligen Nacht: Sergio Bambaren erzählt die Geschichte der kleinen Taube Stella, die darunter leidet, nicht wie die anderen zu sein – bis sie erkennt, daß ausgerechnet sie den Menschen eine ganz besondere Botschaft zu überbringen hat. Jedes Geschöpf hat auf Erden eine Mission zu erfüllen. Das ist die Wahrheit, die das Täubchen Stella in der Heiligen Nacht begreift. Von Anfang an ist Stella anders als ihre Eltern und Geschwister, denn statt eines schneeweißen Federkleides schillert ihr Gefieder in allen Farben des Regenbogens. Nur der weise Uhu ahnt, daß Stella eine besondere Rolle zugedacht ist. Und als in einem einfachen Stall in der Ferne ein außergewöhnliches Kind geboren wird, folgt Stella der Stimme ihres Herzens und tritt ihre größte und wichtigste Reise an. Sergio Bambarens Bücher begeistern die Leser, »Der träumende Delphin« steht seit Jahren ununterbrochen auf der Bestsellerliste. »Stella«, ein poetisches Bekenntnis zur Nächstenliebe, erzählt voller Wärme davon, was jeder einzelne zu leisten vermag, wenn er an sich selbst und an den Sinn der Schöpfung glaubt.

Sergio Bambaren, geboren 1960 in Peru, schrieb bereits mit seinem ersten Buch »Der träumende Delphin« einen internationalen Bestseller. Er gab seinen Ingenieurberuf auf und widmet sich seither ganz dem Schreiben und seiner Leidenschaft für das Meer. Nach längerem Aufenthalt in Sydney lebt er heute wieder in Lima. Nach »Der träumende Delphin« veröffentlichte er »Ein Strand für meine Träume«, »Der Traum des Leuchtturmwärters«, »Samantha«, »Stella. Ein Weihnachtsmärchen« und zuletzt »Die Botschaft des Meeres«.

Sergio Bambaren
Stella

Ein Weihnachtsmärchen

Aus dem Englischen von
Barbara Röhl

Mit zehn Illustrationen von
Heinke Both

Piper München Zürich

Kontakt zum Autor: sbambaren@compuserve.com

Von Sergio Bambaren liegen in der Serie Piper vor:
Der träumende Delphin (2941)
Ein Strand für meine Träume (3229)
Samantha (3611)
Der Traum des Leuchtturmwärters (3643)
Das weiße Segel (3711)
Stella. Ein Weihnachtsmärchen (4003)

Ungekürzte Taschenbuchausgabe
Oktober 2003

Titel der englischen Originalausgabe:
»Rainbow. A Christmas Fable«

erschienen im Verlagsprogramm Kabel
Umschlag/Bildredaktion: Büro Hamburg
Isabel Bünermann, Julia Martinez/
Charlotte Wippermann, Kathrin Hilse
Umschlagabbildung: Heinke Both
Foto Umschlagrückseite: Peter von Felbert
Satz: Kösel, Kempten
Druck und Bindung: Clausen & Bosse, Leck
Printed in Germany ISBN 3-492-24003-8

www.piper.de

Diese Geschichte stammt von einer guten Freundin, Gloria Jiménez. An einem Strand in Trujillo im Norden Perus erzählte sie im Licht des Mondes und der Sterne ihren hingerissen lauschenden Nichten und Neffen wunderbare Märchen.

Danke, Gloria, daß du deine Geschichten auch mit mir geteilt hast.

Vorbemerkung des Autors

Ich weiß nicht, ob Sie mir zustimmen werden, aber ich bin mir sicher, daß das Paradies ein magischer Ort ist, an dem all die guten Seelen von Menschen, Tieren und Pflanzen wohnen.

Natürlich, ich weiß auch, was man uns in der Schule beibringt, nämlich, daß an diesem schönen Ort nur die menschlichen Seelen leben. Aber ich hege da arge Zweifel.

Hat etwa schon mal einer unserer Lehrer das Paradies besucht und ist zurückgekehrt, um davon zu erzählen?

Selbstverständlich nicht.

Woher wollen dann alle so genau wissen,

daß im Himmel nur menschliche Seelen wohnen?

Ehrlich gesagt bin ich der Ansicht, daß im Paradies mehr verschiedene Wesen leben, als man sich vorstellen kann, von den fleißigen Bienen, die den Honig sammeln, an dem sich auf Erden einst die Jungfrau Maria erfreute, bis zu den eiligen Kolibris, die in den sonnendurchfluteten Weingärten Palästinas den Trauben Kühlung zufächelten – denselben Früchten, aus denen der Wein gekeltert wurde, den Jesus beim letzten Abendmahl ausschenkte, um die Menschheit auf ewig mit Gott zu vereinen.

Ich kann mir den Himmel nicht vorstellen ohne die sanftmütigen Giraffen, die einmal durch die afrikanische Savanne zogen, die verspielten Delphine, die unsere Ozeane bevölkert haben, oder die herrliche Vielfalt der Vögel, die einst den Himmel unserer herrlichen Welt durchstreiften.

Möglich, daß ich mich irre, aber ich glaube fest daran.

Können Sie sich vielleicht einen Garten Eden denken, in dem nicht im Frühling die Blumen ihre zarten Blütenblätter entfalten, wo die Bäche und Flüsse nicht voll wunderbarer Fische sind? Oder ohne grüne Auen, auf denen zahllose Tiere weiden und sich im kühlen Schatten eines Kiefernwaldes erfrischen?

Ich kann das nicht.

Und so kam ich eines Tages zu dem Schluß, daß der Himmel, so wie das Leben auf Erden, genau das sein kann, was wir uns erträumen.

Übrigens glaube ich auch nicht, daß die Engel Flügel haben – abgesehen natürlich von den Seelen der Vögel, die auf unserem blauen Planeten lebten und jetzt ins Paradies eingegangen sind. Mein Gefühl sagt mir, daß sie, genau wie die Seelen der guten Menschen, die in diesem magischen Reich wohnen, immer danach streben, uns zu behüten und zu besseren Wesen zu machen. Und ob Sie es glauben oder nicht, manchmal kehren sie zur Erde zurück und erteilen uns die eine oder andere Lektion.

Genau das begab sich vor mehr als zweitausend Jahren …

1

Eden war der Name einer kleinen, grünen Farm am Rande des Paradieses. Wie überall in dieser Himmelsgegend schien hier die Zeit stillzustehen, und eine Vielfalt von Tieren, groß und klein, teilte ihr Leben in Frieden und Harmonie mit den menschlichen Seelen, die einst auf der Erde gewohnt hatten. Und alle freuten sich ihres ewigen Lebens.

Eines der Wunder des Paradieses ist nämlich, daß jeder Tag ein neuer Anfang ist, eine einzigartige Gelegenheit, Neues zu entdecken und zu lernen. Obwohl man weiß, daß man ewig leben wird, lernt man so zugleich, jeden einzelnen Tag bewußt zu erleben und zu genießen.

Ein neuer herrlicher Tag im Paradies brach an. Während am Horizont die goldene Sonne aufging wie ein flammender Feuerball, machte sich Carmelo, der Hahn, dessen Aufgabe es war, die anderen Tiere zu wecken, an sein Tagwerk.

»Kikeriki! Kikeriki...«

Plötzlich verschlug es ihm das Krähen. Er sah in die hohe Eiche, die sich vor ihm erhob. Viele Vögel waren schon erwacht, saßen auf ihren Zweigen und zwitscherten angeregt. Auch die anderen Tiere waren auf den Beinen und versammelten sich nach und nach um den Baum: das Pferd Apollo, die Kuh Sally, der Stier Ferdinand und Leonardo, der Gänserich. Sogar Karl, der Schäferhund, war mit seinen Schafen gekommen und wartete schweigend darauf, daß Mutter Natur das zauberhafteste ihrer Wunder vollbrachte.

Warum sind nur alle so früh wach? dachte Carmelo.

Und dann erinnerte er sich wieder: Der langerwartete Moment war endlich gekommen. In ihrem Nest, das geschickt auf einem kräftigen Eichenast errichtet war, saßen erwartungsvoll Regina und Raphael, ein Turteltaubenpärchen. Raphael hatte tagelang damit zugebracht, das Nest zu bauen und Regina zu schützen und zu füttern, während sie zärtlich die Eier hütete, die Frucht ihrer Liebe.

Alle Tiere hielten den Atem an, als sich ein leises Knacken vernehmen ließ und die erste Eierschale aufbrach. Eines nach dem anderen befreiten die Neugeborenen sich aus ihrer engen Hülle, und die Küken reckten die Köpfchen und atmeten zum erstenmal zirpend die frische Luft, füllten ihre kleinen Lungen mit neuem Leben.

Die Zuschauer hüpften vor Freude, denn sie wußten, daß Gottes größtes Geschenk die

Gabe ist, das Leben weiterzugeben. Ganz gleich, wie oft dieses Wunder sich wiederholte, es würde immer ein einzigartiger, erhabener Augenblick bleiben, im Himmel wie auf Erden.

Regina, die stolze Mutter, zählte ihre Sprößlinge.

»Eins, zwei, drei, vier ... wo ist denn das fünfte geblieben?«

Sie durchsuchte das Nest und fand das fehlende Ei. Seine Schale war noch nicht geborsten.

Von neuem breitete sich andächtiges Schweigen aus. Nach einigen Minuten gespannter Erwartung, die allen wie eine Ewigkeit vorkamen, sprang die Schale, und bald gesellte sich das letzte Küken zu seiner Familie. Aber zur allgemeinen Überraschung unterschied es sich völlig von den anderen Neugeborenen. Es war ein Weibchen, aber viel kleiner als seine Brüder und Schwestern, und anders als bei den anderen schneeweißen Täubchen schillerten seine winzigen Federn in allen Farben.

Bestürzt schauten Regina und Raphael sich an. Aber ihre Verwirrung währte nur Sekunden. Die Liebe einer Mutter ist stärker als jedes andere Gefühl, und so umfing Regina die Kleine mit den Flügeln und setzte sie behutsam zu ihren anderen Kindern, damit sie es warm hatte und sich geliebt fühlte. Sie bemerkte, daß die anderen Tiere darauf warteten, ob sie etwas sagte. »Wir wollen sie Stella nennen, unser Sternchen«, erklärte die stolze Mutter, »wegen ihres wunderschönen bunten Federkleids. Sie ist kleiner und schmächtiger als ihre Geschwister, aber wir wollen sie genauso lieben wie die anderen.«

Ein allgemeiner Seufzer der Erleichterung ließ sich vernehmen. Alle Vögel von Eden umkreisten das Nest unter fröhlichem Gezwitscher, während Sally, Ferdinand, Apollo und

Leonardo tanzten und die Schafe im Chor dazu blökten.

Stella war noch ganz verdutzt darüber, inmitten solcher Freudenbekundungen das Licht dieser wunderbaren Welt erblickt zu haben. Als sich ihre Augen endlich an die Helligkeit des Tages gewöhnt hatten, betrachtete sie ihre Geschwister und dann ihr eigenes Federkleid. Sie war tief betrübt und fragte sich, warum sie so geboren worden war, und ihr war, als begännen ihre Brüder und Schwestern schon, über sie zu spotten.

Aber Stella war gerade erst zur Welt gekommen und wußte noch nicht, daß Gott, wenn auch seine Ratschlüsse manchmal seltsam und unverständlich erscheinen, jeder seiner Kreaturen die Kraft schenkt, diese Welt ein wenig besser zu machen. Und Stella begriff noch nicht, daß es nicht unbedingt ein Nachteil ist, anders als die anderen zu sein, sondern manchmal auch ein Segen …

2

Die Tage gingen ruhig dahin in Eden, und jedes Wesen schätzte sich glücklich, in dieser wunderbaren Landschaft zu leben.

Stella und ihre Geschwister hatten das Nest noch nicht verlassen, in dem ihre Eltern sie beschützten, fütterten und mit Zuneigung umgaben. Das Vogelmädchen wuchs nicht so schnell heran wie seine Brüder und Schwestern, aber dafür veränderten sich seine Federn auf bemerkenswerte Weise. Sie leuchteten immer heller, und die Farben wurden noch kräftiger. Stellas winziger Körper erschien wie von Lichtblitzen umgeben. Und obwohl sie sich daran gewöhnt hatte, daß sie anders war als die anderen, fühlte sie sich deswegen traurig und ein wenig einsam.

Der Frühling war gekommen, und die Jungvögel sollten das Fliegen lernen.

Eines sonnigen Morgens fanden Raphael und Regina, es sei an der Zeit, daß ihre Jungen ein paar Flugübungen machten, und erteilten ihnen allerlei Ratschläge für den großen Tag.

Eins nach dem anderen kletterten die Vögelchen aus dem Nest, klammerten sich mit ihren winzigen Krallen am Ast fest und begannen dann mit den Flügeln zu schlagen und ihre Muskeln zu kräftigen. So übten und übten sie, bis sie die nötige Kraft und Balance besaßen, um ihren ersten Flug zu wagen. Endlich fühlten sie sich stark genug, doch was ihnen die größte Sicherheit verlieh, war die tiefe Überzeugung, daß sie zum Fliegen geboren waren. Sie würden nicht nur fliegen, weil sie

Flügel besaßen, sondern weil sie wußten, daß sie es konnten.

Auch Stella übte, aber weil sie so klein und ihre Flügel schwächer waren, mußte sie sich viel stärker plagen als ihre Geschwister.

»Versuch es weiter«, sagte ihr Vater. »Irgendwann schaffst du es.«

Regina beobachtete ihre jüngste Tochter und versuchte, ihren Schmerz zu verbergen, um sie nicht zu entmutigen. Sie wollte ihr helfen, doch Raphael hielt sie zurück.

»Sie muß lernen, allein zurechtzukommen. Wir können nicht immer bei ihr sein und auf sie aufpassen.«

Als Stella gerade nicht hinsah, wischte Regina sich mit dem Flügel ein paar Tränen ab und nickte schweigend.

Und dann war der große Tag gekommen. Die ganze Brut, auch Stella, folgte Raphaels Anweisungen.

»Behalt die Kleine im Auge«, flüsterte er Regina zu.

Alle hüpften bis zum Ende des Astes, auf dem das Nest lag. Als erster tat Raphael den Sprung und erhob sich in die Lüfte, gefolgt von seinen vier größeren Kindern. Nach dem ersten Schrecken schlug die Magie des Fliegens sie in ihren Bann, und sie glitten elegant und geschickt dahin, denn dazu waren sie geboren. Zum erstenmal in ihrem Leben erfuhren die Jungvögel ihr tiefstes Wesen, den Sinn ihres Lebens: zu fliegen.

Unterdessen schaute Stella unentschlossen zum Boden hinunter. Wie tief das aussah! Sie holte tief Luft und sagte sich, daß sie mutig sein mußte. Sie begann mit den Flügeln zu schlagen und stürzte sich ins Leere. Doch zum Entsetzen ihrer Eltern fiel die Kleine unaufhaltsam auf den Boden zu, obwohl sie weiter mit aller Kraft flatterte.

»Stella!« piepste Regina.

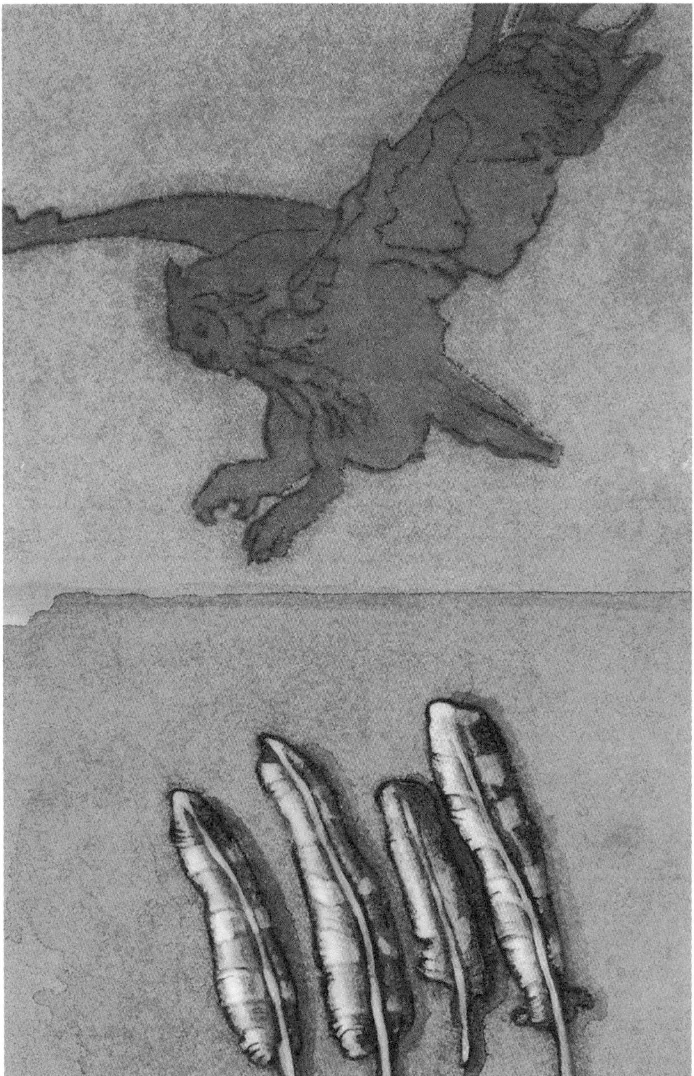

Raphael wollte Stella zu Hilfe kommen, obwohl ihm klar war, daß er seine Tochter nicht mehr erreichen würde, ehe sie auf der Erde aufschlug.

Regina befürchtete schon das Schlimmste und kniff die Augen zu.

Doch da tauchte wie aus dem Nichts der Uhu auf und packte Stella – den Bruchteil einer Sekunde, bevor sie den Boden berührte. Er nahm sie am Flügel und half ihr behutsam, das Gleichgewicht wiederzufinden.

Auch Stella hatte die Augen geschlossen, aber jetzt sah sie ihren Retter lächelnd an.

»Einen schönen Schrecken hast du uns da eingejagt!« meinte der Uhu. Kurz darauf flogen die beiden nebeneinander her, und der größere Vogel stützte Stella, wenn es nötig war. Und so sah Stella das Paradies zum erstenmal so, wie es ihr bestimmt war, nämlich aus der Luft.

Eine wunderbare Welt breitete sich unter ihr

aus. Ihre winzige Gestalt spiegelte sich in einem herrlichen See, auf dem friedlich weiße Schwäne dahinglitten. Ein Schwarm bunter Gänse und Enten zog an ihr vorüber. Die Wasservögel betrachteten sie neugierig, um dann auf dem See zu landen. Weiter vor sich entdeckte sie Apollo, der ausgelassen über die grüne Wiese galoppierte, und dann Ferdinand und Sally, die sie fröhlich muhend begrüßten und glücklich waren, ihre kleine Freundin zum erstenmal fliegen zu sehen.

»Ich kann fliegen!« rief Stella aus und hatte das Gefühl, als müßte sie vor Freude platzen. »Der Garten Eden ist so wunderschön, Herr Uhu«, sagte sie zu ihrem Begleiter, der nicht von ihrer Seite wich. »Entschuldigung, das hätte ich in meiner Begeisterung beinahe vergessen: Danke, daß Sie mir das Leben gerettet haben!«

»Nicht der Rede wert«, antwortete der Uhu. »Aber vergiß nie, daß du anders bist als die anderen. Gut möglich, daß einige Dinge dich größere Mühe kosten. Doch ich bin mir sicher, daß du einmal etwas Außerordentliches leisten wirst, das die Erde zu einem besseren Ort macht. Eines Tages wirst du die Freiheit entdecken, das zu sehen, was du kannst und nicht das, was du nicht kannst, und dann wirst du die wahre Magie in deinem Herzen finden.«

»Wie meinen Sie das, Herr Uhu?« fragte Stella neugierig. »Was ist die Erde? Und was werde ich dort tun?«

»Ah, die Erde ist ein wunderbarer Ort, Stella, genau wie das Paradies. Nur haben auf der Erde die Kreaturen noch nicht gelernt, in Frieden miteinander zu leben.«

Nachdenklich betrachtete er den Himmel, und seine Miene verdüsterte sich.

»Nun ja«, seufzte er und sah Stella an. »Jedenfalls mußt du immer stolz darauf sein, was du bist, denn Gott hat dich gewiß anders geschaffen, weil er eine besondere Mission für dich bereithält. Eines Tages wird dein Herz dir ein Geheimnis offenbaren, das die anderen nicht verstehen, und es kann sein, daß du selbst es nicht ganz begreifst. Und dann wirst du tun, was dein Herz dir sagt, ohne etwas darauf zu geben, was die anderen denken.«

»Was wird das für eine Mission sein? Wann wird das geschehen?« drängte Stella ihn beklommen.

»Vielleicht merkst du es selbst noch nicht, aber es hat schon begonnen«, antwortete der Herr Uhu.

3

Im Lauf der Zeit gewann Stella mehr Vertrauen in sich selbst und ihre Flugkünste.

Sie hatte über die Worte des weisen Uhus nachgedacht und schämte sich jetzt nicht mehr, weil sie anders aussah als ihre Geschwister. Sie wollte einfach nur glücklich sein, den Zauber der Welt genießen, in die sie geboren worden war, und ihr Glück mit den anderen Tieren im Paradies teilen. Besonders mit Apollo, dem Pferd, verband sie eine wunderbare Freundschaft .

Wenn ihre Brüder und Schwestern sie ärgerten, verteidigte Apollo sie. Die Freunde liebten es, ihre Zeit miteinander zu verbringen.

Dann jagte Apollo über die grünen Wiesen, und Stella folgte ihm hoch am Himmel.

Eines Nachmittags ruhten die beiden am Ufer einer Lagune aus. Stella war still und in sich gekehrt.

»Apollo?« fragte sie plötzlich.

»Ja?«

»Warum rennst du so gern über die grünen Weiden? Was ist so schön daran, immer schneller zu galoppieren?«

»Ach, meine Freundin«, begann Apollo, der sich über die Gelegenheit freute, es ihr zu erklären. »Das liegt am Wind. Wenn man bloß trabt, nimmt man ihn nur als Brausen in den Ohren wahr. Aber wenn du galoppierst, immer schneller, dann hörst du, wie der Wind Worte flüstert, die aus deinem Herzen kommen, und das hilft dir, eine Antwort auf die schwierigen Fragen zu finden, die wir uns alle stellen.«

»Was willst du mir damit sagen, Apollo?

Meinst du, ich sollte schneller als der Wind fliegen, um zu hören, was mein Herz mir mitzuteilen versucht?«

»Genau, meine Freundin. Der Wind hat mir erzählt, daß du eine sehr wichtige Aufgabe zum Wohle der Menschheit zu erfüllen hast, und das wirst du schaffen, indem du einfach nur du selbst bist, nämlich etwas Besonderes.«

Während sie Apollo zuhörte, hatte Stella ihren Freund elegant umkreist und gar nicht bemerkt, daß der Uhu sie genau beobachtete. Er sah, daß sie ihre Flugkünste vervollkommnet hatte und die Farben ihres Federkleids immer heller leuchteten.

Raphael, der in einem nahegelegenen Nußbaum saß, war aufgefallen, wie eingehend der Uhu die Fortschritte seiner Tochter verfolgte. Zwitschernd lenkte er die Aufmerksamkeit des großen Vogels auf sich, und als der Uhu sich neben ihm niedergelassen hatte, sprach er ihn an.

»Was hast du, lieber Freund? Warum beobachtest du Stella so genau?«

Regina hatte an einem Bach getrunken und landete jetzt neben den beiden.

»Auf der Erde gibt es Probleme«, erklärte der Uhu, »und Gott hat eine bedeutsame Entscheidung getroffen, um alle Kreaturen, die er geschaffen hat, zu retten.«

»Und was hat Stella damit zu tun?« fragte Raphael besorgt.

»Das kann ich noch nicht sagen. Ich weiß nur, daß Stella bei dieser Sache eine wichtige Rolle spielen wird.« Der Uhu schwieg einen Moment, bevor er weitersprach. »Einige Wesen werden mit einer besonderen Mission im Leben geboren, doch das Ziel dieses Auftrags wird uns erst enthüllt, wenn Gott den richtigen Zeitpunkt für gekommen hält. Ich weiß nicht, wie oder wann das geschehen wird, aber du kannst darauf vertrauen, daß ich Stella helfen werde, den richtigen Weg zu finden.«

»Wirst du die ganze Zeit über bei ihr bleiben?« fragte Regina, die schweigend und nachdenklich zugehört hatte.

»Nein, nicht immer«, gab der Uhu zurück. »Ich kann ihr nur helfen, ihren Bestimmungsort zu erreichen, aber ihre Mission muß Stella selbst erfüllen.«

»Werden wir sie wiedersehen?« fragte Regina, deren Herz vor Angst klopfte.

»Ich weiß es nicht«, antwortete der Uhu. »Das hängt von unserem Schöpfer ab. Aber das Leben hat mich gelehrt, daß Gottes Wege uns zwar manchmal seltsam erscheinen, aber wir dennoch auf seine unendliche Weisheit vertrauen können.«

Im Paradies näherte der Sommer sich seinem Ende, als eines Tages der Herr Uhu, der wer weiß wo gesteckt hatte, von neuem auf der Farm auftauchte. Als Regina ihn sah, wußte sie, daß der gefürchtete Augenblick gekommen war. Sie trocknete ihre Tränen, nahm sich zusammen und schlang die Flügel um ihre geliebte Stella.

»Töchterchen, der Herr Uhu ist da.«

»Ich liebe dich, Mama, und werde dich immer lieben«, versicherte die Kleine und sah sie zärtlich an. »Aber etwas in meinem Herzen ist unaufhaltsam gewachsen, und aus einem Grund, den ich noch nicht verstehe, weiß ich, daß ich weit fort fliegen muß, in eine fremde Welt. Ich soll eine wundersame Begebenheit miterleben, die das Schicksal vieler Wesen verändern wird.«

»Ach, Stella«, seufzte Regina und vermochte ihre Trauer nicht zu verbergen. »Am liebsten möchte ich dich immer bei mir behalten, aber ich weiß, daß ich dich loslassen muß, damit du deine Bestimmung erfüllst. Denk nur immer an das eine: wenn du dich einsam oder ängstlich fühlst, dann bin ich bei dir. Wenn du mich brauchst, dann schließ die Augen, und du wirst spüren, wie meine Flügel dich umfangen und beschützen, denn ich werde immer an dich denken.«

»Ich liebe dich auch, Mama«, antwortete Stella gerührt. »Und dich, Papa.«

Raphael umschlang beide mit seinen starken Schwingen.

»Es ist soweit, Stella«, sagte der Herr Uhu.

»Ich weiß. Aber wer wird mir sagen, wohin ich gehen soll? Und wie komme ich dorthin?«

»Schließ die Augen«, sagte der Uhu. »Hab Vertrauen, sei ganz ruhig und überlaß dich deiner Bestimmung. Versuche mit dem Herzen zu sehen. Du wirst einschlummern, und wenn du aufwachst, bist du schon unterwegs.«

Stella tat, was der Uhu ihr riet. Im letzten Moment vor dem Einschlafen hörte sie eine Stimme. »Stella, die schlimmste Dunkelheit ist nicht die, welche dich umgibt, sondern die, die in deinem Herzen wohnt; und das hellste Licht kommt nicht von außen, sondern direkt aus deinem Herzen. Laß dich von diesem Licht zu deinem Schicksal leiten, und glaub an deinen Instinkt, ganz gleich, was die anderen dir erzählen.«

Als Stella die Augen wieder aufschlug, bemerkte sie, daß der Himmel sich verändert hatte. Er wirkte tiefer, dunkler, und am Horizont glitzerten ein paar Sterne. Stella besann sich auf die Worte des Uhus: Sie mußte auf ihre innere Stimme vertrauen, um ihre Mission zu erfüllen, wie auch immer diese aussehen mochte.

Ihr fiel ein, daß dies der richtige Moment war, um auszuprobieren, was Apollo sie gelehrt hatte. Also schlug sie mit aller Kraft mit ihren Flügeln, bis sie immer schneller flog, so rasch wie noch nie zuvor. Und dann geschah etwas Außerordentliches. Der Wind flüsterte ihr Worte zu.

»Meine geliebte Stella, vergiß nie, wer du

wirklich bist. Nur so erkennst du, was du tun mußt.«

»Wer bist du?« fragte Stella.

»Ich bin Ich.«

»Bist du ... Gott?«

»Ja.«

Die Kleine war überwältigt. Gott selbst sprach mit ihr! Aber warum? Sie war doch so unbedeutend, so seltsam, so ...

»Besonders?«

»Ja, schon, aber...« Einen Moment lang war sie erstaunt, weil Gott ihre Gedanken gelesen hatte, obwohl das ja eigentlich nicht verwunderlich war.

»Was aber? Sprich weiter.«

»Das ist so, Gott ... Der Herr Uhu, Mama und Papa haben mir immer erklärt, daß ich aus einem bestimmten Grund etwas Besonderes bin, aber trotzdem habe ich immer gefunden, daß man es schwerer hat, wenn man sich sehr von den anderen unterscheidet.«

»Das stört dich also?«

»Um ehrlich zu sein, ja«, gestand Stella schüchtern.

»Nun, ich könnte dir helfen. Ich kann dafür sorgen, daß du so wie deine Geschwister aussiehst. Dann würdest du ganz normal und glücklich leben, und nie wieder wird jemand über dich lachen oder dich verwundert ansehen. Aber dann mußt du die Mission aufgeben, die ich dir anvertrauen wollte.«

»Entschuldige, wenn ich unbescheiden klinge, aber kann ich denn nicht beides haben?«

»Nein, Stella. Wenn man eine neue Tür öffnet, schließt sich die alte für immer.«

Stella dachte nach. Sie war sich bewußt, daß Gott mitbekam, welche Gedanken ihr durch den Kopf schwirrten: Schön, ich bin anders zur Welt gekommen, sagte sie sich, und eigentlich weiß ich ja, daß es einen Grund dafür gibt. Und wie der Herr Uhu sagte, ist die tiefste Dunkelheit nicht die, die uns umgibt, sondern die, welche aus unserem eigenen Herzen aufsteigt. Gezweifelt habe ich nur aus Angst, aber ich glaube, ich habe gelernt, in meinem eigenen Licht zu sehen, durch die Wahrheit, ohne mir etwas daraus zu machen, was die anderen denken. Und wenn ich ein erfülltes und ehrliches Leben führen will, dann muß ich im Einklang mit dem leben, was mein Herz mir sagt. Und es rät mir, auf Gott und auf mich selbst zu vertrauen.

Und zu Gott sagte Stella: »Herr, du hast mich so geschaffen, auch wenn ich noch nicht verstehe, warum. Ich weiß nicht, wo ich bin, noch wohin diese Reise mich führen wird, aber ich vertraue deinem Ratschluß. Also verspreche ich dir, daß ich versuchen werde, meine Mission so gut wie möglich zu erfüllen, und ich weiß, daß ich es schaffe, weil du bei mir sein wirst.«

Sie konnte Gott nicht sehen, aber sie spürte, daß Er lächelte.

»Jetzt setze deine Reise fort. Und eines Tages, liebe Stella, treffen wir uns im Paradies wieder.«

Der Wind wurde zu einer sanften Brise, und als Stella eine watteweiche Wolkenschicht durchquerte, wußte sie, daß sie gleich den wunderbaren Ort namens Erde sehen würde.

4

Nachdem Stella die Wolken hinter sich gelassen hatte, die den Himmel von der Erde trennen, sah sie sich staunend um.

Hier standen die gleichen schönen Bäume, wie sie im Garten Eden wuchsen, es gab blaue Seen und viele Lebewesen, die sie schon aus dem Paradies kannte.

Was soll ich jetzt anfangen? dachte sie.

»Folge deinem Gefühl, und der Sinn deiner Mission wird sich dir jeden Tag deutlicher enthüllen ...«

»Sind Sie das, Herr Uhu?«

»Fürchte dich niemals davor, du selbst zu sein. Vertraue auf Gott, und du wirst deinen Auftrag erfüllen«, sagte der Uhu.

»Kommen Sie denn nicht mit mir?«

»Nein«, antwortete der Uhu. »Unser Vater hat mich in den Himmel zurückgerufen, und von dort aus werden wir über dich wachen. Denk immer daran, auf dein Herz zu hören, dann wird deine Mission gelingen. *Hab keine Angst vor der Dunkelheit. Gerade bei Nacht kannst du alle Sterne sehen und den entdecken, der dich führen wird; aber wenn du nicht auf deine innere Stimme hörst, wirst du ihn nicht erkennen. Folge der Eingebung deines Herzens, und kümmere dich nicht darum, was die anderen denken.*«

Die Augen des weisen Vogels verschleierten sich, und mit seinen gewaltigen Schwingen umarmte er Stella kraftvoll und zärtlich.

»Laß dir niemals einreden, deine Träume wären zu klein oder zu groß, Stella. Und vergiß auch nicht, was dein Freund Apollo dir gesagt hat, als du mit ihm über die grünen Wiesen geflogen bist. Der Wind wird dein bester

Führer sein, und je schneller du fliegst, um so deutlicher wirst du die Worte hören, die der Wind deinem Herzen zuflüstert. Bis bald.«

Darauf schloß der Uhu die Augen und begann zu verschwinden.

»Herr Uhu, Sie haben uns nie Ihren richtigen Namen verraten«, rief Stella.

»Ich heiße Moses«, sagte der Uhu und löste sich in nichts auf.

5

Stella erwachte im Morgengrauen. Noch war es sehr dunkel, und Sterne standen am Firmament.

Sie hatte Zuflucht in einem alten, hohlen Baum gesucht, ein wenig geschlafen und von Moses, dem weisen Uhu, und seinen Ratschlägen geträumt. Die Landschaft, die sie umgab, wirkte karg, so ganz anders als das üppige Grün, das den Garten Eden bedeckte. Überall erhoben sich hohe Berge, und die einzigen grünen Fleckchen lagen an den Wasserläufen, die diese Wüste durchzogen.

Stella zog sich weiter ins Innere der Baumhöhle zurück und stieß gegen einen Haufen

Nüsse. Dazwischen kam ein Eichhörnchen zum Vorschein und rieb sich die Augen.

»Wer bist du? Warum machst du um diese frühe Stunde einen solchen Lärm?« fragte das Eichhörnchen.

»Ich heiße Stella.«

»Stella, Stella, was für ein merkwürdiger Name«, meinte das Eichhörnchen, während es ein kleines Licht anzündete und sich den buschigen Schwanz kämmte. »Und warum hast du so sonderbare Federn?«

Wenn Vögel das könnten, wäre Stella errötet.

»Findest du mich häßlich?«

»Im Gegenteil, du bist wunderhübsch! All diese Farben, und so viele verschiedene Federn. Du kommst mir wie ein Zaubervogel vor!«

»Danke, Frau Eichhörnchen.«

Stella freute sich sehr. Sie hatte zwar aufgehört, sich wegen ihres Äußeren zu sorgen, aber trotzdem fand sie es nett, daß jemand ihr Federkleid so begeistert lobte.

In diesem Moment zog eine Gruppe Hirten an dem alten Baum vorbei, und alle sahen zum Himmel, als suchten sie dort etwas. Die Sonne war eben erst aufgegangen, und einige Sterne flackerten noch schwach.

»Heda, Eichhörnchen, und du, seltsamer Vogel! Habt ihr den Stern gesehen?«

»Wir haben viele Sterne gesehen. Sucht ihr einen bestimmten?« fragte das Eichhörnchen.

»Habt ihr etwa noch nicht davon gehört? Man hat uns gesagt, ein sehr heller Stern würde uns zu dem Ort führen, an dem der König der Könige geboren wird, der Sohn Gottes.«

»Und woher wißt ihr das?«

»Ein Engel ist uns kürzlich nachts erschienen und hat uns die frohe Kunde gebracht. Der Messias, auf den wir seit Jahrhunderten warten, wird bald zur Welt kommen. Der Engel hat uns gesagt, der Stern würde erscheinen

und wir müßten ihm folgen, um das Kind zu finden.«

Und da erinnerte Stella sich, daß Moses, der Uhu, etwas über einen Stern gesagt hatte. *Hab keine Angst vor der Dunkelheit. Gerade bei Nacht kannst du alle Sterne sehen und den entdecken, der dich führen wird; aber wenn du nicht auf deine innere Stimme hörst, wirst du ihn nicht erkennen. Folge der Eingebung deines Herzens, und kümmere dich nicht darum, was die anderen denken.*

Stella schloß die Augen und machte, daß es in ihrem Inneren still wurde. Als sie sie wieder öffnete, wanderte ihr Blick über den Himmel, und dort stand der Stern.

»Da, ganz dicht über dem Horizont«, sagte Stella.

So unglaublich das scheint, keiner der Hirten zweifelte an ihren Worten. Sie nahmen einfach ihre Wanderung wieder auf, dem Weg nach, den der Stern ihnen wies.

Doch bevor sie fortgingen, wandte der größte und kräftigste der Männer sich zu Stella um.

»Weißt du, daß du das schönste Federkleid besitzt, das ich je gesehen habe?«

6

Stella blieb bei ihrer neuen Freundin, der Frau Eichhörnchen, bis die Nacht anbrach.

Als die Sonne hinter dem Horizont versank, sahen sie, daß der Stern, den Stella entdeckt hatte, jetzt viel heller leuchtete als die anderen, und außerdem bewegte er sich langsam, um die Auserwählten zu leiten, die der Geburt des Königs der Könige beiwohnen sollten.

»Ich muß fort, Frau Eichhörnchen. Meine Mission wartet auf mich. Ich muß diesem Stern folgen.«

»Viel Glück«, sagte das Eichhörnchen. »Wenn du eine Aufgabe zu erfüllen hast, dann wünsche ich dir viel Erfolg dabei.«

»Ich danke dir.«

»Stella ...«

»Ja?«

»Hast du schon einmal eine Sternschnuppe gesehen?«

»Zumindest nicht an dem Ort, von dem ich komme.«

»Weißt du«, fuhr das Eichhörnchen fort, »das sind Sterne, die sich plötzlich von ihrem Platz lösen und einen hellen Schweif hinter sich herziehen. Ihre Existenz ist kurz, aber sie sind am schönsten von allen Sternen. Während ihres kurzen Lebens leuchten sie wie kein anderes Licht am Firmament, und die anderen Sterne hören auf zu glitzern, nur um die Sternschnuppe anzusehen. Und noch etwas.«

Stella versuchte sich diese seltsamen Gebilde vorzustellen.

»Was denn?«

»Sie erscheinen nur sehr, sehr selten ... Aber

sie hinterlassen immer einen unvergeßlichen Eindruck.«

Warum sie mir das wohl erzählt? fragte sich Stella. Wird auch meine Existenz auf der Erde kurz sein?

Das Eichhörnchen schien ihre Gedanken gelesen zu haben.

»Ich weiß, daß du ein ganz besonderer Vogel bist und daß deine Zeit auf Erden kurz bemessen ist wie die einer Sternschnuppe. Aber du wirst ein Zeichen hinterlassen, das immer an dich erinnern wird.«

»Und woher weißt du das?«

»Weil mein Herz es mir sagt. Auf jeden Fall möchte ich dir sagen, wie glücklich ich bin, daß ich dich kennengelernt habe und dein wunderbares Federkleid bewundern durfte.«

»Danke, meine liebe Freundin.« Und mit diesen Worten schwang Stella sich in die klare Nachtluft und folgte dem Weg, den der Stern ihr wies.

7

Wer einmal den See Genezareth gesehen hat, versteht, warum er in der Bibel auch das »Galiläische Meer« genannt wird.

Obwohl eigentlich ein Binnengewässer, ist er so riesig, daß man das gegenüberliegende Ufer nicht erkennen kann und das Gefühl hat, sich am Meer und nicht an einem See zu befinden.

Stella erspähte die gewaltige blaue Fläche am Horizont. Sie war die ganze Nacht geflogen, denn der Stern, dem sie folgte, wanderte immer rascher und leuchtete mit jeder Stunde heller. Wenn etwas geschehen würde, dachte Stella, dann sehr bald.

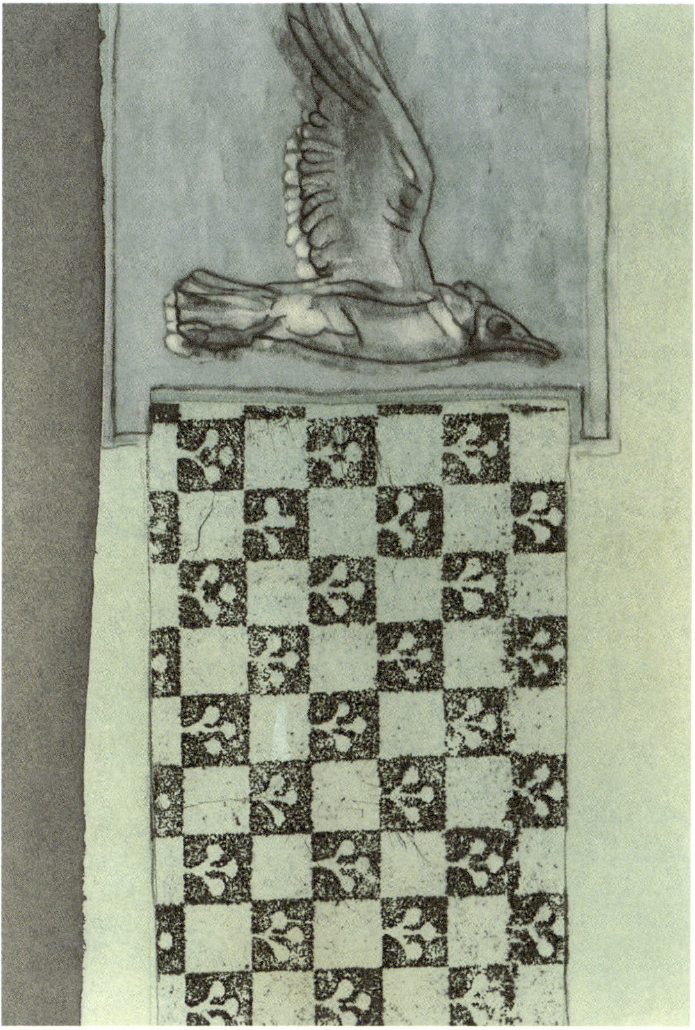

Endlich erreichte sie den See Genezareth und ließ sich müde an seinem Ufer nieder. Hier wollte sie warten, bis es wieder Nacht wurde, und dann ihren Weg fortsetzen.

Sie spazierte am Strand entlang, als sie einige Möwen entdeckte. Sie suchten im Schlick nach einer Schnecke oder einem Wurm, die die Ebbe schutzlos zurückgelassen hatte.

Als sie Stella sahen, drängten sie sich um den kleineren Vogel, der schon daran gewöhnt war, das sein Aussehen Neugierde hervorrief.

»Wer bist denn du?« fragte eine der Möwen.

»Ich heiße Stella.«

»Und woher kommst du?«

»Ich wohne am Rande des Paradieses, auf einer Farm mit Namen Eden.«

Die Möwen sahen einander an und lachten laut.

»Du willst uns wohl etwas weismachen, du kleiner Lügenbold, was?«

Vor lauter Schreck schien Stella noch kleiner zu werden.

»Was meint ihr damit?« flüsterte sie.

»Wenn du aus dem Paradies kämest, würdest du wie ein Engel aussehen. Und glaub mir, so bunt und winzig wie du bist, gleichst du eher einem Clown!« Alle Möwen brachen in krächzendes Gelächter aus, und Stella war tief betrübt.

»Aber ich sage die Wahrheit!« widersprach sie und versuchte die Tränen zurückzuhalten. »Habt ihr denn diesen strahlenden Stern nicht gesehen, der...«

»Los, verschwinde von hier!« sagte die größte Möwe. »Für Schwindler haben wir nichts übrig. Komm uns bloß nicht wieder in die Quere. Weg mit dir!«

Stella war sehr traurig. Sie senkte das Köpfchen, wischte ein paar Tränen fort und flog davon.

Als die Möwenschar nur noch ein Punkt am

Horizont war, landete sie und suchte Zuflucht unter einer schönen Libanonzeder.

»Was habe ich denn getan, dass ich die Möwen so gegen mich aufgebracht habe? Ist es vielleicht schlecht, die Wahrheit zu sagen?« fragte sie sich ein ums andere Mal. »Liebe Mama, wie wünschte ich, du wärest in diesem Moment bei mir, um mich zu umarmen und mir zu sagen, was ich falsch gemacht habe.« Sie schloß die Augen und spürte ganz deutlich, daß Regina ihre warmen Flügel um sie schlang.

Als sie weiterflog, wehte der kräftige Wüstenwind ihr ins Gesicht, und sie hielt sich nur mit größter Mühe in der Luft. Und dann hörte sie wieder Gott, der zu ihr sprach.

»*Kleine Stella, nicht jeder erkennt die Wahrheit so klar wie du. Viele meiner geliebten Kreaturen sind vom Wege abgekommen und haben sich von mir entfernt, sind ihrem Egoismus und ihrer Kaltherzigkeit erlegen. Sie glau-*

ben nicht mehr an mich, und viele von ihnen haben begonnen, sich eigene Regeln zu schaffen, Gesetze, die nur zu ihrer Vernichtung führen werden. Aus diesem Grund habe ich beschlossen, meinen einzigen Sohn auf die Erde zu schicken, um alle Wesen zu retten und ihnen die Tür zum Paradies zu öffnen. Und du kannst mir dabei helfen. Wenn du an dein Ziel gelangst, mußt du eine schwangere Frau auf einem Esel suchen. Sie ist das Zeichen, das du mit Hilfe des leuchtenden Sterns, dem du gefolgt bist, finden solltest.«

»Und warum erzählst du das gerade mir?« fragte Stella. Noch nie hatte jemand versucht, mit Gott zu diskutieren, aber Stella war sehr klein und unschuldig, und die freundliche Stimme des Schöpfers antwortete ihr sanft wie ein Blütenduft.

»Meine teure Stella, du bist eines der Wesen, die ich am meisten liebe; und eines Tages wirst du der Welt mit deiner Sanftmut, deiner Be-

scheidenheit und deinem Glauben beweisen, daß kein Wesen so klein oder unbedeutend ist, daß es der Welt nichts Wertvolles zu geben hätte, und daß es nicht immer ein Nachteil, sondern eher ein Segen ist, sich von allen anderen zu unterscheiden.«

8

Stella flog die ganze Nacht und folgte ihrem Stern. Jetzt fühlte sie sich nicht mehr allein und fürchtete die Dunkelheit nicht länger, denn sie wußte, daß Gott bei ihr war, wo immer sie sich befand.

Wieder dachte sie an die Worte des Herrn Uhu: *Hab keine Angst vor der Dunkelheit. Gerade bei Nacht kannst du alle Sterne sehen und den entdecken, der dich führen wird; aber wenn du nicht auf deine innere Stimme hörst, wirst du ihn nicht erkennen. Folge der Eingebung deines Herzens, und kümmere dich nicht darum, was die anderen denken.*

Sie fühlte sich ruhig und zufrieden, und obwohl sie immer noch nicht wußte, worin genau ihre Mission bestand, war sie aufgeregt und glücklich, an diesem Wunder aller Wunder teilzuhaben, das bald geschehen würde. Und so flog sie weiter, geführt von jenem wunderschönen Stern, der immer heller strahlte und ihr vom Firmament aus zuzulächeln schien.

Wenn jemand weiß, daß er seine Bestimmung erfüllt, fliegt die Zeit nur so dahin, und so erging es auch Stella. Schon hatte sie vergessen, wie viele Tage sie schon über die Erde dahinglitt, und dachte nicht mehr an ihre Ängste und ihre Müdigkeit.

Eines Nachts hielt der leuchtende Stern an. Tag für Tag hatte er heller geglänzt, aber heute strahlte er wie nie zuvor. Er schien jetzt fest am Himmel zu stehen und ebenfalls gespannt zu warten. Etwas wird geschehen, dachte Stella.

Sie bemerkte, daß der Stern genau über einem kleinen, ärmlichen Händlerdorf verharrte, das die Leute »Bethlehem« nannten. Es waren viele Menschen unterwegs, durchreisende Kaufleute, Wanderer und Hirten. Wenn der König der Könige hier geboren würde, wie sollte sie ihn in dieser Menschenmenge finden?

Neben ein paar Körben, die auf dem Gehsteig standen, erblickte Stella einen Mäuserich, der ein paar Reste fraß, und trat auf ihn zu.

»Entschuldigung, Herr Maus ...«

»Ja bitte?« fragte der Mäuserich und fuhr fort, die Brocken zu verschlingen, die einem Händler auf den Boden gefallen waren.

»Ich heiße Stella, und ich brauche Ihre Hilfe.«

Der Herr Maus hörte auf zu kauen und sah sie aufmerksam an.

»Wie könnte ich dir wohl helfen?«

»Ich suche eine junge Frau, die bald ein

Kind zur Welt bringen wird. Wahrscheinlich reitet sie auf einem Esel. Vielleicht haben Sie sie ja gesehen.«

»Natürlich, jetzt, da du es sagst. Du hast wahrscheinlich bemerkt, daß die Stadt vor Menschen überquillt. Heute morgen habe ich einen Zimmermann gesehen, der nach einem Platz für seine hochschwangere Frau fragte. Sie saß auf einem kleinen Esel und wirkte sehr erschöpft. Da es keine freien Zimmer mehr gab, hat jemand ihnen angeboten, in einem Stall ganz in der Nähe Obdach zu suchen. Er liegt direkt unter diesem geheimnisvollen Stern, der in letzter Zeit über das Land gezogen ist und so hell leuchtet.«

»Danke für Ihre Hilfe, Herr Maus. Jetzt lasse ich Sie aber in Ruhe weiteressen.«

»Ich danke dir…«, gab der Mäuserich zurück. »Weißt du, daß du großes Glück hast, Stella?« setzte er dann noch hinzu.

»Wie bitte?«

»Was gäbe ich darum, so wunderschön wie du auszusehen! Deine Federn haben die herrlichsten Farben, die ich je erblickt habe.«

»Danke, Herr Maus.«

Stella bemerkte, daß der Mäuserich traurig war.

»Warum sind Sie denn so betrübt?« fragte sie ihn.

Der Mäuserich vergoß ein paar Tränen.

»Ach, Stella! Du kannst dir nicht vorstellen, wie einsam sich eine unglückliche Maus wie ich manchmal fühlt. Alle hassen dich und betrachten dich als Plage. Jeder will dir ans Fell. Was soll ich dagegen tun? Ich bin nun einmal als Maus zur Welt gekommen, das ist meine Natur. Aber glaube mir, ich hasse niemanden, weil er mich so behandelt. Wie schön wäre es, wenn alle anderen Wesen verstünden, daß sogar ein Mäuserich sich geliebt fühlen muß, und wäre es nur einen Augenblick lang ...«

»Ich habe Sie gern, Herr Maus«, sagte Stella.

»Dort, wo ich herkomme, werden alle Wesen geliebt. Weinen Sie nicht, weil Sie jetzt traurig sind. Ich habe gelernt, daß man nicht der Größte, der Stärkste oder der Schönste sein muß, um geliebt zu sein. Die Wesen, die noch so etwas denken, haben einfach nicht gelernt, sich selbst zu lieben. Aber glauben Sie mir, der Tag wird kommen, an dem Sie zu dem Ort reisen, von dem Sie gekommen sind, und dort werden Sie geliebt und geschätzt werden, weil Sie sind, was Sie sind. Die anderen werden Sie mit dem Herzen sehen, und dann entdecken sie die Schönheit, die in Ihnen wohnt.«

»Glaubst du wirklich?« fragte der Mäuserich und strich sich nachdenklich über die Barthaare.

»Das glaube ich nicht nur, ich bin mir ganz sicher. Ich habe Ihr Herz gesehen, mein teurer Freund, und ich verspreche Ihnen, daß der Tag kommen wird, an dem Sie nie wieder allein sind.«

»Danke, kleiner seltsamer Vogel«, sagte der Mäuserich gerührt.

»Nein, ich muß Ihnen für Ihre Hilfe danken. Leben Sie wohl.« Und sie flog in Richtung Stall davon.

Stella kam durch die geöffnete Tür des Stalles und erblickte ein Bild, dessen Schönheit ihr den Atem raubte. In dieser ärmlichen Hütte, umgeben von Ziegen, Eseln, Schafen und den Hirten, die Stella schon kennengelernt hatte, wiegte die sanfteste und hübscheste junge Frau, die man sich vorstellen konnte, selbst fast noch ein Kind, ihr neugeborenes Söhnchen, und ihr Mann sah ihr aufmerksam zu.

Der König der Könige – in einem Stall? Das kann nicht sein, dachte Stella. Gottes Wege waren für seine Kreaturen wirklich unerforschlich.

Und da hörte sie Gottes Stimme, die ihr ins Ohr flüsterte.

»Meine kleine liebe Stella, ich wollte den Menschen eine Lektion erteilen. Ich habe mir vorgenommen, den Menschen und auch allen anderen irdischen Wesen zu zeigen, daß ein wahrer König weder Reichtümer noch Paläste braucht. Denn ein wertvoller Mensch kann auch in einem bescheidenen Heim leben, so wie die Wahrheit nur in den Herzen der Demütigen wohnt. Wenn du an mich glaubst, dann suche die Wahrheit in deinem Herzen, und du wirst sie immer finden. Folge deinem eigenen Stern, und du wirst stets den richtigen Weg erkennen.«

Als Stella so den König der Könige betrachtete, in Lumpen gehüllt und in diesem ungastlichen Stall, aber von Liebe umgeben, da verstand sie. Ich bin auserwählt, den Sohn Gottes zu sehen, dachte Stella, und Tränen traten ihr in die Augen. Maria, die Mutter des Neugeborenen, bemerkte, wie gerührt und voller Achtung der kleine, ungewöhnliche

Vogel schaute, der sich auf dem Stroh, in dem das Kind lag, niedergelassen hatte. Sie betrachtete das Vögelchen so wunderbar zärtlich, wie das nur eine Mutter kann, und Stella dachte an ihre eigene Mutter und spürte, wie ihre sanften Flügel sie streichelten wie ein kaum wahrnehmbarer Windhauch.

Stella verbrachte die ganze Nacht bei der Krippe. Und wie um zu bestätigen, was Stella schon wußte, ritten drei geheimnisvolle Könige aus dem Morgenland auf ihren Kamelen heran. Aus fernen Landen kommend, hatten sie die Wüste durchquert und waren demselben Stern gefolgt, der auch sie geführt hatte.

Sie stiegen von ihren Kamelen, knieten demütig vor dem Neugeborenen nieder und brachten ihm ihre Gaben dar: Gold, Weihrauch und Myrrhe.

9

Und in jener Nacht zu Bethlehem wurde ein Kind geboren, umgeben nur von Tieren, einigen Hirten, einem kleinen Vogel aus dem Paradies und seinen Eltern, Maria und Joseph. So erlebte Stella den wundersamsten Moment in der Geschichte der Erde mit, die Geburt desjenigen, der eines Tages die Welt retten und allen Kreaturen, ob groß oder klein, den Himmel eröffnen würde, indem er sein eigenes Leben für sie hergab.

Als die Sonne aufging und ihre freundlichen Strahlen die kalte Luft des Stalls erwärmten, bemerkte Stella, daß sie die ganze Nacht nicht geschlafen hatte. Trotzdem fühlte sie sich nicht müde.

Sie hatte Balthasar, einem der Heiligen Drei Könige, ihre Geschichte erzählt. Jetzt setzte sie sich auf seine Schulter.

»Ob ich meine Mission schon erfüllt habe? Bin ich nur an diesen magischen Ort gekommen, um den Hirten den Stern zu zeigen und diesem wundersamen Ereignis beizuwohnen? Und wenn meine Aufgabe noch nicht erfüllt ist, was soll ich jetzt tun?«

»Ich glaube, du solltest in Paradies zurückkehren und allen dort diese wunderbare Kunde bringen«, meinte Balthasar.

»Aber wie komme ich wieder nach Hause?«

»Genauso, wie du hergekommen bist. Folge einfach dem Ruf deines Herzens, und denke an den schönen Ort, von dem du stammst.«

Stella warf einen letzten Blick auf das Neugeborene, und einen Moment lang sah das Kind sie an und lächelte. Das Leuchten in seinen Augen erinnerte sie an das Licht, das ihr Herz erhellte ... Dann schloß Stella die Augen, begann mit den Flügeln zu schlagen und stieg zum Himmel auf.

Immer höher ging es; und mit einemmal bemerkte Stella, daß ihr buntes Gefieder sich löste und ihr an seiner Stelle strahlend weiße Federn wuchsen, funkelnd wie Diamanten. Und während sie sich immer leichter und kraftvoller hinaufschwang, sanken unter ihr die Federn zur Erde wie ein vielfarbiger Regen und bildeten einen Bogen herrlicher, reiner Farben: Violett, Blau, Grün, Rot, Orange und Gelb ...

Die erste Feder, die hinabgefallen war, landete sanft auf dem Dach des Stalles, in dem das Neugeborene schlief. Und wie durch Zauber fügten alle anderen Federn sich zu einem perfekten Bogen, der den Stall mit dem Vögelchen, das zum Himmel hinaufstieg, verband. Und schließlich, als Stella ins Paradies einging, gesellte die letzte ihrer bunten Federn sich zu dem Bogen, und dieser neigte sich zur Erde hinab.

Das Ende des Regenbogens, das über dem Stall schwebte, drang durch das Fenster und berührte das Kind, das jetzt friedlich auf dem Schoß seiner Mutter schlief.

»Was ist das für ein neues Wunder?« fragte Kaspar, denn so hieß der zweite König.

»Mit Hilfe des kleinen Vogels aus dem Paradies hat Gott ein neues Licht geschaffen, um die Geburt seines Sohnes zu feiern. Dieser Bogen hat den Himmel und die Erde verbunden und soll uns in alle Zukunft an seine unendliche Liebe erinnern«, antwortete Balthasar.

»Balthasar spricht weise«, pflichtete ihm Melchior, der dritte König, bei. »Heute habe ich etwas gelernt: Wir fühlen uns vielleicht manchmal einsam, seltsam oder anders als die anderen; aber Gott hat uns gewiß so erschaffen, weil er eine besondere Mission für uns bereithält. Wir alle, groß und klein, haben etwas beizutragen, damit die Welt ein besserer Ort wird.«

»Von jetzt an«, setzte Balthasar hinzu, »wollen wir uns, wenn irgendwo auf der Erde ein solcher Bogen erscheint, daran erinnern, daß er einmal das größte aller Wunder bezeichnet hat: die Liebe Gottes, die so groß ist, daß er seinen einzigen Sohn sandte, um die Menschheit zu retten.«

Viele Meilen entfernt steckte das Eichhörnchen den Kopf aus seiner Baumhöhle und erblickte staunend den unglaublichen Lichtbogen, der genau die Farben seiner kleinen, seltsamen Freundin aufwies ... und da wußte es Bescheid.

Das kann nur dein wunderbares Federkleid vollbracht haben, meine liebe Stella, dachte es. Mein Herz hat sich nicht geirrt, als ich dir sagte, daß du ein ganz besonderer Vogel bist; daß dein Aufenthalt auf Erden, wenn er auch kurz sein mag wie das Leben einer Sternschnuppe, ein Zeichen setzen wird, das immer an dich erinnern wird. Leb wohl, Stella. Und Dank dafür, daß du die Geburt des Königs der Könige mit deinem Licht erhellt und diese Welt noch schöner gemacht hast.

In den Straßen von Bethlehem kam der Herr Maus gar nicht aus dem Staunen heraus über die Schönheit, die sich seinen Augen bot, diesen Lichtbogen, der alle Farben der Erde in sich vereinte.

Also hast du die Wahrheit gesagt, Stella, dachte er. Du hast deine Mission erfüllt und bist an den wunderbaren Ort zurückgekehrt, von dem du mir erzählt hast und wo ich dich einst wiedersehen werde, wenn meine Zeit gekommen ist. Und alle werden mich so lieben, wie ich bin.

Jetzt war der Mäuserich bereit, ruhig und zufrieden sein Mäuseleben zu fristen. Denn der Tag würde kommen, da alle ihn lieben und verstehen würden.

10

Als Stella in den Garten Eden zurückkehrte, trauten ihre Freunde auf der himmlischen Farm ihren Augen kaum.

Sie hatte all ihre bunten Federn verloren, aber statt dessen waren ihr neue gewachsen, die so weiß waren wie der ewige Schnee auf den Berggipfeln. Stellas Gefieder leuchtete ganz hell, und in dieser Nacht der Wunder erschien die kleine weiße Taube wie ein Engel.

Voller Liebe und Stolz betrachteten Regina und Raphael ihre Tochter. Apollo wieherte fröhlich, und alle lärmten munter durcheinander. Aber am glücklichsten war der Uhu. Er

hatte an Stella geglaubt, und die Kleine hatte ihn nicht enttäuscht.

Er hob den Blick zum klaren Himmel über dem Paradies, als suche er dort jemanden oder etwas. Dann lächelte er und sagte wie zu sich selbst: »Auftrag erledigt, Gott.«

»*Danke, Uhu*«, antwortete Gott. »*Auch dir Dank, Stella. Ich habe dir versprochen, daß wir uns im Himmel wiedersehen, und hier bin ich. Und von jetzt an sollst du mein kleinster und liebster Engel sein.*«

So kam der Regenbogen auf die Erde, zu Ehren eines kleinen Vogels, der den Mut hatte, auf sein Herz zu hören. Und um uns alle an die Geburt von Gottes Sohn zu erinnern.

Es gibt viele Erklärungen für den Ursprung des Regenbogens, aber ich habe mich entschieden, an diese zu glauben. Denn wie ich zu Beginn dieser Geschichte erklärte, bin ich aufrichtig davon überzeugt, daß die einzigen Engel mit Flügeln diejenigen sind, die einmal als Vögel auf der Erde weilten. Und jedesmal, wenn ich einen Regenbogen sehe, erinnert er mich daran, daß Gott in seiner Herrlichkeit seinen einzigen Sohn aussandte, damit er uns lehre, bessere Menschen zu werden. Wenn wir lernen, das Gute in unserem eigenen Herzen zu suchen, können wir unser Leben und das unserer Mitmenschen ändern. Dabei kommt es nicht darauf an, ob wir klein, unbedeutend oder anders als die anderen sind ... Wenn Gott uns so geschaffen hat, ist es an uns zu entdecken, welche Mission er uns aufgetragen hat. Und für diese Aufgabe wird das Anderssein gewiß kein Nachteil, sondern ein Segen sein.

Sergio Bambaren – Die Geschichte eines Träumers

Sergio Bambaren Roggero wurde am 1. Dezember 1960 in Lima, Peru, geboren, wo er auch die britische High School absolvierte. Bereits von frühester Kindheit an war er fasziniert vom Ozean, der untrennbar mit dem Stadtbild Limas verbunden ist. Diese Liebe zum Wasser sollte ihn für den Rest seines Lebens entscheidend prägen und ihm u.a. den Anstoß geben, sich auf das Abenteuer eines Lebens als Schriftsteller einzulassen.

Seine Freude am Reisen und seine Begeisterung für andere Länder führte Bambaren in die USA, wo er an der Texas A&M University Chemotechnik studierte. Ein Gebiet, das ihn sehr interessierte – doch seine große Liebe war und blieb der Ozean. Um so oft wie möglich seiner Leidenschaft, dem Surfen, frönen zu können, reiste er mit Vorliebe in Länder wie Mexiko, Kalifornien, Chile oder Peru.

Nach einer Stippvisite in sein Heimatland entschied sich Bambaren, nach Australien, genauer nach Sydney, auszuwandern, wo er als Verkaufsleiter arbeitete. Auch von der neuen Heimat aus unternahm er viele Reisen, u.a. nach Südostasien und an die afrikanische Küste – immer auf der Suche nach der perfekten Welle.

Nachdem er einige Jahre in Sydney gelebt hatte, legte Bambaren ein *sabbatical,* d.h. einen Forschungsurlaub, ein, um nach Europa zu reisen. In Portugal schließlich, an einem herrlichen Strand, eingerahmt von Pinienwäldern, fand Bambaren einen ganz besonderen Freund und erkannte, welchen Weg im Leben er zu gehen haben würde: Ein einsamer Delphin inspirierte ihn dazu, sein erstes Buch, »Der träumende Delphin. Eine magische Reise zu dir selbst«, zu schreiben.

Als er wieder nach Sydney zurückkehrte, erhielt Sergio Bambaren ein Angebot von Random House Australia, seinen Roman zu verlegen, doch er schlug es aus, da er das Gefühl hatte, die Änderungen, die der Verlag vornehmen wollte, würden den Inhalt und die Botschaft seines Buches zu sehr verfälschen. Er entschied sich 1996, sein Buch im Selbstverlag herauszubringen.

Diese Entscheidung veränderte Sergio Bambarens

Leben grundlegend: Er verkaufte in Australien mehr als 60000 Exemplare von »Der träumende Delphin«. Der Traum, ein Leben als Schriftsteller zu führen, begann endlich Gestalt anzunehmen.

»Der träumende Delphin« wurde mittlerweile in 25 Sprachen übersetzt. In Deutschland steht der Titel seit Jahren auf der Bestsellerliste des »Buchreports«. Ähnlich gute Ergebnisse erzielte er u.a. in Lateinamerika und Italien.

Ebenso begeistert wurden auch seine anderen Bücher aufgenommen: »Ein Strand für meine Träume«, »Das weiße Segel«, »Der Traum des Leuchtturmwärters«, »Samantha« und das Weihnachtsmärchen »Stella« wurden in vielen Ländern zu großen Erfolgen.

Sergio Bambarens großes Interesse am Ozean und sein Anliegen, sämtliche Walarten zu schützen, machten ihn zum idealen Kandidaten für den Posten des Vizepräsidenten der ökologischen Organisation »Mundo Azul« (Blaue Welt). Seither bereist Sergio Bambaren im Auftrag dieser Organisation die verschiedensten Länder, mit dem Ziel, die Ozeane und ihre Lebewesen zu erhalten. In Zusammenarbeit mit »Dolphin Aid« setzt er sich mit Therapieformen auseinander, bei denen der Kontakt zwischen Delphinen und zurückgebliebenen Kindern deren Heilungschancen verbessern soll.

Sergio Bambaren lebt zur Zeit wieder in seiner Heimatstadt Lima, Peru, wo er, wenn er gerade nicht reist, am liebsten surfen geht – umringt von Delphinen mit den Wellen eine Einheit zu bilden gibt ihm die Inspiration und Energie, weiterhin für all diejenigen zu schreiben, die wie er irgendwann in ihrem Leben beschlossen haben, nach dem Motto zu leben »Laß dich nicht von deinen Ängsten daran hindern, deine Träume wahr zu machen!«.

SERIE PIPER

Sergio Bambaren

Samantha

Eine Geschichte über Freundschaft. Aus dem Englischen von Susanne Janschitz. 74 Seiten. Illustriert von Michele Gold. Serie Piper

Samantha ist ein ganz besonderes Mädchen: Statt sich mit Freundinnen zu treffen, verbringt sie jede freie Minute am Meer. Als sie wieder einmal am Strand zum Himmel blickt und hofft, eine Antwort auf all die Fragen zu finden, die sie immer wieder beschäftigen, geschieht etwas ganz Besonderes: Delphi, der wilde Delphin, taucht auf und nimmt sie auf eine Reise mit ins offene Meer hinaus. Mit ihm erlebt die kleine Samantha zauberhafte Momente und das große Glück wahrer Freundschaft. Eine warmherzige und poetische Geschichte und ein wunderschönes Geschenkbuch.

Vom Autor des Weltbestsellers »Der träumende Delphin«.

05/1193/01/L

Sergio Bambaren

Der Traum des Leuchtturmwärters

Ein Ort für deine Sehnsüchte. Aus dem Englischen von Gaby Wurster. Mit 10 farbigen Illustrationen von Heinke Both. 120 Seiten. Serie Piper

Als Martin auf einer seiner Reisen der zauberhaften Paola begegnet, weiß er, daß sie die Frau ist, auf die er so lange gewartet hat. Auch für Paola ist es Liebe auf den ersten Blick. Gemeinsam suchen sie nach einem Ort für ihre Sehnsüchte, nach einem Platz, der nur ihnen beiden gehört. An der paradiesischen Küste Chiles entdecken sie die ideale Stelle: in der Nähe eines alten Leuchtturms mit Blick auf die faszinierenden Stimmungen des Meeres. Sergio Bambarens Buch ist eine berührende Geschichte über den Mut, den man braucht, um seine eigenen Träume wahr zu machen – und zu erkennen, daß es die ganz große Liebe nur einmal im Leben gibt.

05/1223/01/R